오래된 겨울 속으로 들어가고 있었다

지성의 상상 시인선 017

오래된 겨울 속으로 들어가고 있었다

문영하 시집

지성의상상

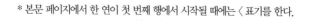

* 본문 페이지에서 한 연이 첫 번째 행에서 시작될 때에는 〈 표기를 한다.

―시나브로

내 오래된 언어의 집 속에 아버지 계신다

샘물이 시나브로 채워지듯
한 발 한 발 이루어 가는 것이라

쥐 소금 먹듯 조금씩, 조금씩 앞으로 가면
저만큼 가 있는 기라

깃발을 흔드신다

아기의 입술에서 터져 나오는 첫 母語 같은
여린말이
뿌리 깊숙이 앉았다 힘줄로 당겨진다

시나브로의 배를 타고 여기까지 왔다

2020년 봄
문영하

2 부

3부

4 부

1부

지붕 없는 집

바람이 나뭇가지를 움켜쥐고 흔드는 혼란 속
새집 하나 견고히 앉았다

지붕 없는 집

솜털 날리며 어미를 기다리는 새끼 입속에
자벌레 한 마리 쏙 집어넣는 어미의 부리 끝에 반짝,
이는 불꽃
생의 의미가 핀다

어미는 쉴 새 없이 물어다 나르고
노란 입속으로 들어간 벌레는 새끼를 키우고

그 집엔 하루에 수십 번씩 오이꽃 같은 불이 켜졌다
꺼졌다 반복한다

눈알 번득이며 종일 벌판을 헤매다
어스름에 돌아온 어미
고단한 부리를 깃털 속에 박으니 지붕 없는 집에
지붕이 닫힌다

민살풀이춤

흰나비 날개를 든다

몸속에 고인 것이
한 올 한 올 실이 되어 시나위 천을 짠다

손명주 한 필 펼쳐지고, 길이 길을 물고 간다

生이 곧 살煞이요 춤인 것을
굽은 손끝이
허공을 헤쳐내고 그 허공에 제 몸이 떠간다

어깨 오므렸다 두 손 휘휘 저으며 자진모리장단에
굽이쳐 흘러가다
툭, 손목을 꺾으니 함께 가던 슬픔이 장승처럼 우뚝
선다

아득한 눈길 너머 두고 온 연緣줄 손으로 저으며
살풋 뒤돌아서는데
먼 산을 감아 돌며 젖은 곡선이 따라온다

〈

뒷걸음으로 잠시 출렁이다

그 회한 받아내니

둥근 치마 끝을 차며 흐느끼는 발사위

흰 소맷자락 너울너울 천공을 날아간다

미루나무

바람은 하늘이 지상으로 보내는 말
까치집 올려놓고 두 손 모으며 나무는 그 말을 받아
낸다

작은 잎들이 잘랑잘랑 몸을 흔들며 수천 마리 새떼가
날개를 비비는 마라카스* 소리를 낸다

비바람 치던 날
쿵, 지축을 울리는 절규 송두리째 뽑힌 몸뚱이

절규는 톱날에 켜켜이 나눠지는데
그 속에 지문으로 앉은
휘 돌아간 바람의 발자국이 바다로 내닫는다 조르르

그 뒤를 따라와 조각배가 된 나무,
파도의 등에서 넘실거린다 물은 무심히 흘러가고

연초록 기억의 끝에서 이는 어린 새 울음
가만히 물속을 응시한다
제 그림자를 따라 물의 이랑마다 새떼처럼 모여드는

푸른 물고기

　나무, 환생이다

　＊ 중남미 지방의 민족 음악 등에서 쓰는 악기.

새들의 주소

집 앞 느티나무 그늘은 새들의 푸른 해우소

몸 끝 작은 튜브에서 찌~익 물감을 짜내 주소를 쓴다

비둘기 한 마리 구구구 울어대다 시원스레 털어놓는
속사정
헤집고 온 하늘이 흰 점액 한 방울로
톡, 떨어진다

속이 후련해진 새는 핑퐁처럼 튀어 오르고
나무는 가지를 흔들며 화답한다
오랜 집으로 서 있을게

새들의 경계를 지나갈 때면 행여 그들의 일에 누를
끼칠까
성역을 거닐듯 조용조용 걷는다

우리도 할 것 안 할 것 자리 분별 한다구요 누가
뭐래도
여긴 우리의 영역이어요

〈

허공을 휘젓다 온 새들이 덕지덕지 덧칠하며 땅바닥에
그림문자 쓰고 또 쓴다

고리에 걸린 바나나

똑같은 힘일 때는 좀 더 오래 버티는 놈이 이기는
법이라고
아버지 늘 말씀하셨지

바나나를 길게 보관하기 위해선 고리에 걸어두라고
나무에 달린 줄 알고 천천히 익어간다고

일명 바나나 속이기인데
우리는 바나나를 속였고 아버지는 세상에 속아 허공을
움켜쥐곤 했다

아버지의 등에 업힌 오남매,
그의 마른 등에서는 늘 젖은 휘파람 소리가 났다

바나나의 몸에 거뭇거뭇 검버섯이 핀다
고리 끝에 매달린 열매 죽을힘으로 버티다 아득히
잠 속으로 빠져든다

움켜쥔 아버지 손이 아래로 떨어진다
헐렁한 허리춤 사이로 남은 시간이 빠져나간다

〈

바나나 껍질 위에서 스치듯 미끄러지는 아버지
옷걸이에 걸린 낡은 양복도 풀썩 주저앉는다

허공에 영혼을 매달고 지상의 끝에 선 아버지 손이
내 손을 잡는다

야행성 쇠똥구리

칠흑 같은 밤
손톱만한 벌레가 물구나무서서 죽을힘으로 지구를
굴리듯 쇠똥을 굴리며 간다

벌레의 다리 밑에 거꾸로 선 풍경
더럽고 하찮은 것이 귀하디귀한 것으로 자리가
바뀐다

그가 물컹한 똥을 동글동글 굴릴 때면 천지의 기운이
이곳으로 모여
하늘 한 귀퉁이 끌려온다

별빛과 은하를 나침반 삼아 사랑을 구하러 가는
대장정
일직선으로 지구를 굴리며 우주로 가는 레일에 몸을
싣는다

사막이든 정글이든 오직 그대를 향해 가는 필사의
행보
똥으로 치댄 집도 그대 있어 행복하다

〈

별빛 쏟아지는 밤 둥근 캡슐에 앉은 벌레

똥 먹고 용트림하며 알을 낳는다

말ᇘ무덤

어린 이별이 걸어갔네

뒤돌아보며 던진 그 말을 봉하여 불두화 그늘 아래
묻었네

오랜 시간 뒤
나무에 스며든 말 튀밥으로 터지네
가지 끝에 숭얼숭얼 달리는 순백의 꽃숭어리

하얗게 봉인된 이별이 뚜벅뚜벅 걸어오네
무성영화 장면 같은 비밀의 화원

기나긴 회랑을 밀고 오는
첫 울음 같은 그 말을 게워 다시 새김질하면
화 ～
입 안 가득 환히 박하 향기가 나네

불두화 타래타래 피어날 때면* 기억의 편린들이
눈처럼 내려
말무덤 뚜껑 열리고

〈

완두콩 비린내 같은 그 말이 설핏 기척하며 일어서네

* 졸시 「드라이플라워」에서 가져옴.

새의 주검 1

여섯 살쯤이었다
허공을 버린 새 한 마리 뒹굴고 있었다
꼬마들이 모여 죽은 새의 장례를 치렀다

모시 잎 따다가 몸을 감싸고 꽃씨를 심는 듯 고이
묻었다

개미의 행렬이 문상객처럼 길게 이어지다 사라졌다

그 묻은 길섶에 다시 가보니 도도록한 자리
달개비 힘주어 날개를 파닥이며

새, 풀이 되어 남빛 꽃물을 길어 올린다

몸을 바꾸는
생의 바통 터치, 불멸을 보았다

어머니 가시던 날 승화원 언덕 너머로 노랑나비
한 마리
팔랑팔랑 날아가던

새의 주검 2

제 몸이 길이 되어 창공을 누비다 상일동 버스 정류장
하필이면 여기서 날개를 접었나

한 생이 훌훌 탈을 벗고 있다

퉁소의 구멍 같은 휑 열린 부리에서 구슬픈 숨비소리
터진다

수많은 발에 밟혀 날개 뼈 하얗게 드러난 주검이
한 줄 미련 있어서인가
납작 엎드려 지구를 바짝 안고 머물렀던 흔적을
날리고 있다

그 혼이 바람에 묻어가며
흩어져가는 제 껍데기 돌아보며 돌아보며 아스라이
갔을 게다

향피리

가는 시누대 하나 도도한 소리꾼으로 일어선다

붉은 볏 세우며
새벽을 알리는 새뜻한 수탉의 울음소리

뜨거운 몸이 뿜어내는
당찬 소리에 어둠이 뒷걸음으로 주춤주춤 물러선다

본디 소리의 뿌리는 나무의 기억
유장한 선율이 굽이치며 넌출넌출 뻗어간다 세상
너머로

전생의 바람결에 옷자락을 날리다가
달빛 아래 흐르는 처연한 울음으로 가야금 열두
줄에 몸을 실었다가

꼿꼿한 성정 못 이겨 한 숨 바람에 바르르 떨며
제 속살 저며낸다
〈

허공을 찢는 혼의 소리

천지가 감았던 눈을 뜨며 둔한 귀를 씻는다

나무 브로치

나무는 새가 되었다
그가 작은따옴표로 날아와 내 심장 위에 앉으니
서녘 하늘이 일렁거린다

통, 통, 통,
나는 스타카티시모[*]로 움직이는 경쾌한 나무

새가 물고 온 길이 도르르 풀린다

내 몸속으로 들어온 새의 길이 까마득히
고향 집 뒤꼍
참나무 허파 속에 닿는다

풍뎅이 잉잉 날아오르고 청정한 숨이 열리는

솜털 보송보송한 집
햇살 한 움큼 오목이 고이는 자리에
새가 동그랗게 담긴다
〈

몸 깊숙이 나도 푸른빛 도는 알 하나 품는다

* 악보에서, 음을 아주 짧게 끊어서 연주하라는 말.

내 몸을 스쳐간 것들

바람이 분다
나무가 키를 낮추며 휘휘 팔을 내젓고 있다

바람머리 앓으며
나는 비로소 바람을 읽기 시작했다
날짐승처럼 바람의 방향을 타며 머리칼을 넘기는데

몸을 스쳐간 어휘들이 휙휙 화면으로 지나간다

아홉 살의 내가 물속에서 발버둥을 친다
논 언덕 나무를 잡고 손과 손을 이어 파도에 휩쓸린
나를 구하던,
너댓 살 위 갈래머리 소녀들의 환호성이 들린다

비바람에 젖으며 흔들리며 소태처럼 쓴맛이 삶이라
는 걸 알았을 때
비비새 한 마리 내 몸에 들어와 울기 시작했다

실밥이 터지듯 터지는 몸의 내력
〈

맨드라미 피는 뜰에서 시작된

나의 일기는

어린 천사가 드센 마녀로 변해가는 과정이었다

립스틱을 그리며 원시를 만나다

입술에 붉은 상형문자를 그린다

입술 산을 그리고 꽃잎 두 장 붙이면
앤디 워홀의 그림
마릴린 먼로의 풋풋한 입술이다

거울 속, 눈부처 같은 여인
어디로부터 와 여기 서 있는지, 그대 속에 내가 들어간
것인지 내 속에 그대가 들어온 것인지
그 시원을 짚는다

콩팔칠팔 날뛰던 예닐곱 살 진달래 꽃잎 따서 입술에
붙이던
태초의 관능이 파르르 눈을 뜨는

꼭두서니 색을 좇다 거울 속으로 들어간 여자
곧 튀어나올 듯 뚫어지게 나를 본다

무의식 속에 잠자던 원시를 꺼내 홀린 듯 홀린 듯
립스틱을 그리면

핀다
핀다
　입술이 핀다
붉은 꽃 핀다

2부

붉다, 꽃무릇

이별의 진화進化 완벽하다

지독한 환상통, 심화로 화관이 붉다

어찌할 수 없는 슬픔은 이미 지심에서 시작된 것

지구의 껍질을 들어 올리며 절명의 몸짓으로 무더기 무더기 울음꽃 핀다

마른 감초를 씹듯 어느 이별 하나를 곰곰이 새긴다

흰빛 추상

빛은 제 몸을 잘게 쪼개 숨 쉬는 창호지 가는 숨을
따라 들어가
문 안으로 모습을 디밀었네

우윳빛 고치 속에서 번데기 지순한 꿈을 꾸네
흰 기운에 싸여
평안에 솔솔 감기다가

불현듯 나비가 되네

눈길 한없이 들어가는 리움*의 달 항아리 유백 속으
로 날아들면
멀리 다듬이 소리 들리고
만삭의 여인이 아기를 낳고 있네

옛날이 겹겹 번져 가는데

새벽안개 피어나는 조붓한 황톳길 두런두런
무명 치맛자락 스치는 소리

〈

닿을 수 없는 그곳 살가운 사람들이 살고 있네

* 리움 박물관.

갈색

갈색이 세상을 몽유夢遊한다

나긋나긋한 붓의 결을 따라
이우환*의 그림 속, 돌의 눈빛으로 무심히 앉았다가
고향 집 뒤뜰 늘어진 으름덩굴로 휘청거리다가
돌담을 어룽어룽 그림자로 넘나든다

우람한 나무로 서서
와와~ 손뼉 치며 간간이 생리처럼 새떼들 바람에
화르르 쏟아내는

떫은 감물 빛깔에서 기억 하나 끄집어낸다

갈색 치마가 덩그러니 벽에 걸려 있다
긴 치마 끝에 배인 울컥한 엄마 냄새
모성은 뜨거운 장력으로
쇠뿔 같은 옹이를 녹이고 각이 선 모서리도 둥글게 만져 낸다

생멸을 모두 삭인 짙은 갈빛 속에 어머니 계신다

* 화가.

초록

푸른 혈구들이 파릇파릇 점령군으로 건너온다
그 발자국 소리
초록초록

생이가래, 개구리밥이 물 위에 앉아 한 눈금씩 제
그림자를 넓혀 가고
논개구리 떼 지어 물수제비뜨며 점령군 속으로 뛰어든다

초록의 등에 업혀 남의 둥지에 알 낳고
천연덕스럽게 우는 뻐꾸기 소리 낭랑하다

개개비와 뻐꾸기 사이에 펼쳐지는 내밀한 야생의 비화

새끼 뻐꾸기 붉은 입속으로 개개비의 뜨거운 길이
무수히 스며들어

다 자란 뻐꾸기 날아간다
저 날개
회색빛 가로무늬는 개개비가 이룬 생의 이랑일 터
그 애절한 길이 점점이 찍히다 사라진다

초록 속에 *뻐꾹* 소리만 잔음으로 남아

잿빛

2월이 새벽을 업고 오리걸음으로 고개를 넘어서 온다

기억은 머물렀던 공간에서 자라나는 것

잿빛 어스름 흩어지고
길게 누웠던 길이 뽀얀 모습을 드러낸다

저 길 따라 한없이 가면 눈버들꽃 피는 언덕에 닿을 수
있을까

먼 마을 하나를 끌고 오는 장사익의 노래처럼
연한 옷자락 펄럭거리며 굽은 길 돌고 돌아 누가
오는 기척

새떼들이 화르르 날아오른다

노랑

떠나간 젖니들은 어디로 갔을까

유채꽃 밭에서 젖니를 찾는다
물결로 밀려오는 노랑을 따라 봄의 뱃속으로 들어
가면

할머니 비알밭에 서 계시고
풀줄기 끝에 달린 연한 봄날이 아우성이다

노란 점들이 움츠렸던 입을 열어 생의 비의를 토설,
내 몸속에 있는 이
여기서 절정을 터뜨렸다고

유채 밭에서 터져 나오는 말 말 말을 따라 벌 나비
붕붕거리고

잇몸이 근질근질
까치가 물고 간 내 젖니들이 막 돌아오는 중이다

검정을 자르다

어둠이 부릉부릉 시동을 걸고 있다

풍경을 송두리째 삼킨 검정은 거대한 야수,
큰 입을 내밀어
검은 입자를 훅훅 내뿜는다

마당의 어둠을 손으로 문지르면 탄炭가루 같은
외할머니의 탄식이 묻어나온다

음울한 짐승은
눈을 퍼렇게 뜨고 매서운 겨울밤을 휘젓고 있었다

젊어 홀로된 할머니의 한숨이 심해어深海漁처럼 연신
어둠을 훌쩍인다

슬픔을 헤치던 할머니
검정의 자락을 휘익 움켜쥐고 가위로 싹둑싹둑 자르기
시작한다

분홍

포근한 그 길로 들어서요

어린 날 함께 놀던 장난감 새가 호르르 날아와요
잃어버린 만년필이 내 손을 잡아요

알라딘의 돌문처럼 스르륵 열리는 문, 계속 걸어
들어가요

어머니의 뱃속
발그레한 꽃빛 주머니에 가만히 담겨요

블루베리만큼 작아진 나는 물 위에 떠서
한 방울 한 방울 분홍을 받아먹어요

온갖 배냇짓하며 한 치 한 치 새롭게 자라나요
더없이 편안하고 아늑한 열 달

아, 나는 다시 태어나요
첫울음이 터져요

머미(mummy) 브라운[*]

오랜 잠에서 갈색으로 몸을 일으킨 나는
사각의 액자 속에 갇혔다

커다란 떡갈나무로 서서 단 한 걸음도 허락되지
않는 부동의 자세로
피안의 메시지를 전하는데

새들이 날아오다 유리에 부딪친다

내가 죽었는지 살았는지 아뜩해지는데 두런두런
사람들이 유심히 나를 본다
유리벽 밖에서 데자뷰(deja vu)^{**}로 다가오는 얼굴
얼굴들
반가워 인사를 건네는데도 내 소리 들리지 않는 듯

무성하던 말은 갈잎으로 떨어지고
마지막,
그림 한 장으로 남는 것이 生이지만
어쩌다가 나는 三生의 무게를 안고 벽에 걸려 있다

〈

　허공에 매달린 유적처럼 내게 또 천년의 시간이 흘러
갈 것이다

　* 미라를 갈아서 만든 갈색 염료. 미라가 다 떨어진 1960년대까
지 꾸준히 팔린 물감.

　** 처음 해보는 일이나 처음 보는 대상, 장소 따위가 낯설게 느
껴지지 않는 현상.

노란색 길에서 길을 묻는다

송말리* 오래된 산수유나무

현기증 이는 노란 물감 속으로 뛰어들면 울렁울렁
꽃 멀미 나는 몽환의 그림

묵은 산수유 열매 기다렸다는 듯
왁자그르르한 직박구리 입속으로 들어간다

전혀 다른 세상으로 미끄러지는 열매는
순례자인 듯
호리병 같은 새의 몸을 굽이굽이 돌아가며
천로역정**에 이른다

그 길 따라 산수유 꽃빛도 시냇물 소리도 업혀서 간다

아무 일 없는 듯 연이어 꽃은 피고 바람에
나뭇가지만 흔들거리는
길 없는 길
〈

노란색 길에서 길을 묻는다

* 경기도 이천시 백사면 산수유 마을.

** 영국 작가 존 번연의 소설 제목.

남빛

쪽물을 들이다 고비의 하늘 같은 푸르디푸른 빛에
넋을 놓아 버렸다

곡진한 마음이 꼭대기에 닿으면 날개가 달린다

붙잡을 수도 부를 수도 없는 사람아

아릿한 슬픔을 풍장을 치르듯 허공으로 날린다

타클라마칸의 모래 언덕으로 쌓였다가 다시 흩어지는
바람의 발자국 같은
그리움의 빛깔이 물처럼 고인다

사라지지 못해 슬픈 남빛이여

꾸러미 편지

그녀의 귀엣말이 조랑조랑 울타리 콩으로 달린다

시집을 받았다고
오랜 산고産苦에 경의를 표한다고

꾸러미마다 애틋한 정이 봉숭아 씨방 터지듯 터진다

삼색미三色米와 파김치 함께 보내니
뜨거운 밥에 올려
마파람에 게 눈 감추듯 밥공기 비우라고

마당가 하늘에 절로 인 불잉걸, 장두감 몇 개 꺾어서
보내니
출출할 때 먹으며 詩불을 당기라는
그녀의 말이 두렁길 굴렁쇠로 싱글싱글 굴러온다

고래 등으로 솟는 느꺼운 불을 안고 눈알 굴리며
올빼미처럼 앉아 밤을 밝힌다

손금

새가 날개를 쳐요
살아있는 것들은 모두 바람을 일으켜요

바람이 길을 내며 지나가요
이 길 따라 흐르는 긴 강물 위에 목선 하나 떠가요

굽이굽이 흐르다 짐 부려 놓는 곳
우북이 묏등처럼 풀등이 되고
풀등은 품이 되어 물고기를 품어요

세상의 숨이 모여 큰 바람이 일어요

바람에 날리다 번개처럼 스친 인연 배롱나무 붉은
꽃으로 피어나고
못갖춘마디로 슬픈 노래가 되기도 해요

노을 지는 가을날 그림으로 앉았다가 고목 위에 앉아
수금을 울리더니

또
한 막이 올라요

흰죽

밤새 고열로 싸우다
흰죽 한 그릇 앞에 앉으니 갑자기 숙연해진다

죽사발 위에 새겨지는 나의 족적

함부로 삼킨 것들이 뿔을 세우며 옹한 주머니를 꼭꼭
찌르고 비틀며
기세를 부리는데

식도를 타고 내려가는 연한 순백이
정제되지 못한 것들의 등짝을 포근히 감싸 안는다

순한 것이 거칢을 다스린다

깐죽깐죽 쥐어짜다 돌멩이 굴리듯 소란을 피던 것들이
숨을 죽인다

성탄의 전야처럼 속집이 고요하다

순수박물관[*]

먼 이름 하나, 땅속 뿌리에서 꽃을 피운다

기억이 열어주는 길 위에서

닿을 수 없는 사람을 불러와 금기된 시간을 필사한다

수줍다가 설레다가 슬픔 한 줄기
물 위에 떠가는데
깊숙이 잠겨 있던 흐릿한 풍경들이 맑은 담채로 일어
선다

2월의 푸릇한 보리밭, 긴 돌담길 지나
이끼 덮인 우물
토란잎에 구르는 물방울 같은,
명징한 목소리
두꺼운 안경 속 순한 웃음이 글썽거린다

쏟아져 내리는 달빛에 모두 싸서
푸르스름한 물빛 같은 집에 펼쳐놓는다
〈

그 공간에 담기는 시간의 궤적

자두나무 가지 끝에 봄날이 흥청대고 슬픔의 원형이
영롱한 빛을 낸다

* 오르한 파묵의 소설 제목 차용.

3부

알

마트료시카 인형
누천년을 허리에 두른 바오밥나무 같다

벤자민 버튼*의 시간으로 돌아가 한 겹 한 겹 허물을
벗는다

할머니, 어미, 소녀 벗고 아기를 벗으면 본디의 모습으로
씨앗 한 톨

떼구루루 굴러 다시 싹이 튼다

한 겹 한 겹 나이테를 두르며 열리고 닫히는 그녀의 계절

커다란 알로 세상을 품어내는
마트료시카

치마 속에 지구를 품고 거대한 어미 새로 우뚝 선다

* 데이비드 핀처 감독의 영화 〈벤자민 버튼의 시간은 거꾸로 간다〉
의 주인공.

불면, 놀이터가 되다

청회색 거대한 짐승의 등에서 미끄럼을 탄다

가을밤 벌레 소리 신경 줄기를 파고들고
내 몸의 모든 세포들이 일제히 일어나 새벽별 질 때까지
나를 짓고 허문다

너풀대는 짐승의 갈기를 잡고 초원을 달리다가
나뒹굴다가
무거운 짐 지고 하늘사다리 건너다가

밀림 같은 정글짐, 사각의 틀을 헤치고 헤치며 올라간
꼭대기
　앞이 툭 트인다
　한숨 돌리는 순간 헛디딘 발
　철버덕, 말짱 도루묵이다
　다시 또 그 자리

똬리 튼 짐승마냥 생각에 생각이 제 꼬리를 물고 돈다

물었다가 놓았다가

끝없이 이어지는 상념의 덤불 속에서 밤을 지새운
작은 짐승이
서느런 등을 세우며 회오리쳐 일어선다

울음이 쓰는 일기

비 그치자
매미 한 마리 싱싱한 울음을 긴 면사포처럼 끌고
나온다
어둠을 건너
나, 여기 왔다고

푸른 날, 빠르고 경쾌한 휘모리에서
출렁출렁 굿거리장단에 몸을 맡기더니 진한
울음이 진양조*에 이른다

녹음 속에서 이뤄지는 은밀한 역사
쳐서 지난 울음이 서걱거린다

임무를 다한 몸이 숨 한번 크게 내리쉬는데
짧고 둔탁한 마지막 울음이 나무 위에서
툭 떨어진다

무덤이 된 일기
익선관 하나가 데구루루 바람에 굴러간다

* 국악 장단 중 가장 느린 장단.

긴 잠 속의 봄날

연분홍 치마가 봄바람에 휘날리더라~
흥얼거리던 그녀의 노랫소리

봄의 손가락 같은 두릅 순이 얼굴을 내밀고 햇살은
허리 굽혀
키 낮은 꽃다지 어깨를 다독인다

그녀의 잠 속에서도 살구꽃 피고 나비가 날고 있는
것일까

모래시계 속 모래알처럼
그녀의 숨이 솔솔 빠져나가는 중이다
하늘 마루 어디쯤에 솜털 같은 영혼을 내리려 하나

꿈속의 봄날, 그분과 함께 계시는지
부르는 소리에
뒤돌아보듯 실눈을 뜨다가 바삐 감는다

애면글면 삶을 일구던 굽은 검지가 그녀의 생을
압축한다

이 손에서 나온 날렵한 덧버선으로

운동회 날

날개 달린 듯 하얀 트랙을 달렸다

그녀의 긴 잠 속에서 뜨겁고 뭉클한 나를 꺼낸다

유령거미

선문대 할망*이
긴 다리로 욕실 바닥을 겅중겅중 지나간다

드높은 다리脚 위에서 내려다보면 세상은 한 줌이다
히말라야도 태평양도

지난한 인간사도 저 몸짓에 무심히 실려간다

다리에 얹힌 그의 몸이 시퍼런 물결 위, 작은 섬이다
등짐 같은
섬이 성큼성큼 떠가는데

쪽창 너머 나무 그림자가 기웃기웃 들여다보며 간다
긴 다리 밑으로 소란한 하루가 흘러가고

욕심 없는 섬이 유유히 한세상 건너간다

* 한라산을 베개 삼고 누우면 다리가 관탈섬에 닿았다는 제주 전설에 나오는 키 큰 할머니.

여*

파도 깊숙이 가라앉은 인연 하나 아득한 이야기로
솟는다

침잠하는 시간 속에 몸을 세운 이야기는
가끔씩
뿌리 내린 종기마냥 통점을 스치듯 건드린다

물결 위에 모습을 내밀었다 가뭇없이 사라지기도
하는

그 어깨에 앉아

나도 날개 젖은 물새가 되어 깃털을 말리고 간다

* 썰물 때 바다 위에 드러나는 바위의 윗부분.

아기자세

요가의 동작 중 아기자세가 있다

세상에서 가장 낮은 자세로 지구의 등에 업히는
등에도

누군가 날아와 업히기를 바라는 기다림으로
엄마가 될 씨앗
아기가 엎드려 잔다

어미가 되는 것은 신과 가까워지는 것
조금씩, 조금씩 어미로 젖어드는 아기가 눈물겨운
엄마로 일어선다

세상에 홀로 서서
울고 싶지만 울 수 없을 때 속으로 머금어 보는 엄마
그 소리가
가슴에 고여 뜨거운 심장이 된다

간혹 나도 이 자세를 취하며 몸이 걸어온 길을 돌아
본다

〈

납작 엎드려 바닥에 귀를 대면 아득히 날아오는
태초의 소리

신발 잃어버린 날

어머니 내 몸에 함께 계신다
엄지발가락이 검지 쪽으로 40도 정도 꺾인
어머니의 발

그녀의 고통이 내 발에 닿는다
꺾어진 발가락의 통증을 잊은 채 안타까이 나를
바라보는 그녀

무지외반증의 내 발을 편안히 감싸 주던 신발
잃어버린 날,
앞이 보이지 않는다

엄지발가락을 뚫고 나온 순례자처럼 자박자박
내 몸을 건너가는 어머니의 발자국
찌릿찌릿 통증이 흐른다

통점의 자리가 발인지 가슴인지 도무지 헷갈린다

그녀와 함께 맨발로 타박타박 이팝꽃 날리는
봄밤의 등줄을 외줄 타듯 재며 간다

〈

'가시는 듯 도셔 오소서 도셔 오소서'
벙어리처럼 속말이 중얼중얼 입안에서 구른다

신발은 낯선 발을 담고 허둥허둥 어디로 가고 있을까

물메기국

은하 저쪽으로 건너간 투명한 겨울이 국사발에
앉는다

여든여섯 개의 해가 지고
별이 뜨던 가랑고지*
굴렁쇠 굴리던 아이들은 보리피리 불며 어디만큼
갔을까

동지섣달 차가운 바다
큰 입을 쿨룩거리며 만삭의 배를 안고 물메기가
돌아온다

성에 서린 창가에서
물메기국 한 사발 후루룩 마시면 물컹한 그 목숨
내 속에 들어와
몸이 후끈 데워진다

구만 리 하늘이 바다에 걸터앉는다
물마루 향해
꼬리지느러미 세차게 흔드는 물메기

〈

그 등에 업힌 나도

거센 파도 헤치며 가는 붉은 물고기였다

* 고향(경남 남해군 서면 작장리)의 옛 이름.

유리잔 속에 이는 봄

목련차를 마신다

지난봄이 조글조글 바스락거리다가 찻잔 속에서
노랗게 인다

마법이 풀리듯 풀리는 꽃의 시간

기지개를 켜며
물 아래 잠긴 죽은 꽃잎이 한 잎 한 잎 눈을 뜬다

파릇한 봄길
징검징검 건너오는 이름이 물기를 머금고 찻잔
속에서 핀다

몸속 수만 개의 핏줄이 현이 되어 튕길 듯
팽팽해지더니
우화되지 못한 시간이 슬픔으로 흐른다

유리잔 속의 봄날

〈

　민들레 단추처럼 점점이 박힌 들길

　고깃고깃 접어 둔 어린 사랑이 꽃과 꽃 사이를 건너

간다

빈 항아리

오래된 항아리
차랑차랑 이야기가 고이는 깊은 우물이다

우물 속 별꼬마거미 한 마리
몸속에 있는 실패를 풀어 집 한 채 짓는다

줄의 이 끝 저 끝을 숨차게 오르내리더니
허공을 낚는 꽃 한 송이 띄운다

저 하늘하늘한 꽃 속에 앙큼한 계략을 숨기고
벌레는 기다림을 습득하는데

느닷없이 거친 바람 한 줄기 날아와 온몸을 들었다
배지기*로 내리친다

정신이 아뜩해진 항아리 손을 놓아버렸다
툭, 소리 함께
목둘레만 남기고 사라진 타원의 공간

곰삭은 기억들이 흩어져 내리고

허공에 엮은 기다림도 맥없이 주저앉는다

* 씨름에서, 상대를 자기 앞으로 당겨서 배 위로 들어 올려 옆으로 돌려 넘어뜨리는 기술.

유품

쉰브룬 궁전에 가면
날개 접은 새 한 마리 잿빛 울음을 끌고 온다

하늘눈 뜨고 세상을 내려다보는 검독수리가 되고
싶었던 그의 꿈이 구름으로 엉겨
비엔나의 하늘에 웅크리고 있었다

반납된 제국의 꿈이 다시 날아와 앉을 것 같은
우윳빛 뺨이 발그레한 아이는
몸 깊숙이 슬픔을 넣었다가 맑은 눈빛으로 토하곤
했다

짧은 생에 실려 간 이목구비 수려한 청년이
앵발리드* 첨탑에 울음 걸어놓고 말갈기
바람에 날리며
알프스 넘어
대서양을 건너 영원한 제국을 다스리고 있었다

유품으로 남은 종달새** 한 마리가 박제된 그의 삶을
전하고 있었다

* 나폴레옹 1세, 2세가 잠든 파리에 있는 사원.

** 나폴레옹 2세가 키우던 새.

종이접기

황량한 겨울 들판 *네가 선 곳이 어디냐*고 바람이
물어

얼얼한 통증으로 날 벼리던 밤을 색종이 접어
접어서 펼친다

멀리 있던 편안이 손끝에 잡힌다

하늘이 희붐히 열리고 새떼들이 지저귀며 아침을
물고 온다
검은 휘장을 걷어내며 이 밝음을 보내는 이는
누구신지

새벽을 따라온 아기의 숨결 같은
안녕이 함께 사는 샴발라*를 세운다

푸른 산 접어 백지 위에 앉히면
새들이 날아오고 강물이 눕고 넓은 들이 달린다

그 풍경 언저리

원추리꽃 같은 오두막 한 채, 평안을 짓는다

* 티베트 전설이나 고전 속에 나오는 평온하고 아름다운 별천지.

잠자리

처서는 앞산의 등에 업혀서 오고 벌레 소리
온 마을을 덮는다

해거름 길섶을 붙잡은 포식자의 입이 가련해지고
은빛 날개는
이제 바람의 선율을 좇아갈 수 없다

내 것이었다가 내 것이 아닌 것들이 머리카락 잘리듯
잘려 나간다

막잠에 드는 그의 발가락이 바스락거린다

몸속으로 되돌아간 더듬이
한 손 한 손 기억을 더듬어 백악기 그 본원에 이른다

소멸하는 것들은 말이 없다

마른 풀 냄새 같은 스러지는 것들의 냄새

4부

어떤 초상肖像

육필로 새긴 한 권의 책이다

허공으로 날아간 낱자들이 한 자 한 자 날아와
갑골문자로 찍힌다

호르르 바람에 넘어가는 페이지

청주淸酒빛 얼굴에 스쳐간 계절이
돌을새김인 듯 일어나 비 오고 바람 불고 꽃 피던
날 흐른다

허연 수염 부스스 날리며 지상으로 솟아오른
원뿌리 같은 기상
꼿꼿하다

적벽가 한 대목 유장히 지나가고 신기루로 이는
푸른 기운

겹겹이 쌓인 시간을 걷어내며 준엄한 목소리
튀어나올 듯하다

몽유도원 밖으로 나오다

첩첩 시공 헤치며 꿈 밖으로 나온다

북악 흰 정수리 쪼는 듯 울어대던 뻐꾸기 소리
아득히 들려
치마끈 질끈 동이고 미끄럼 치듯 한달음에 달려왔더니

生이란 것이 꿈속에 지은 집이라
근정전 앞마당에 숱하게 벗어 놓은 목숨 그림자
어른대고
파릇한 혼백들이 반딧불이로 날아간다

만남도 헤어짐도 운수에 달렸으니
하느작하느작 부암* 계곡 들어서면 그대 푸른 옷자락
날리며
바람으로 달려올까

산부리 둘러 지극히 평안하고 거울 같은 맑은 물에
노을 잠잠히 내리는 곳

〈

그대 이제 아득히 나를 잊고 도화 붉은 언덕에 앉아

지금도

어룽어룽 꿈을 꾸고 계시는지요

* 종로구 부암동, 안평대군이 세웠다는 무계정사武溪精舍 터가 있음.

그녀의 노래

청력을 잃은 그녀, 손가락 끝에서 수많은 소리가
피었다 진다

달팽이집 같은 소리가 사는 집 하나 지어 소리 향해
평생을 헤맨
그녀에게 바친다

어느 해 여름, 날벼락 내리쳤다

미루나무 꼭대기에 조각구름 걸려 있네*
어린 그녀의 노래가 벽조목霹棗木**으로 타버렸다

초록은 무성하고 나뭇가지 흔들리는데
소리 사라진 세상
그녀, 투명한 유리벽에 갇혔다

물고기처럼 입만 벙긋거리는 그녀의 노래는
살 속으로 파고들어
내 오랜 통증의 뿌리로 남았다

〈

봄이 오면 언니하고 바구니 끼고, 나물 캐러 가던
일이 생각납니다***
언니,
언니 언니…

먼 들녘 끝에서 풀피리 소리 같은 그 소리 날아온다

* 동요 〈흰구름〉 첫 부분.
** 벼락 맞은 대추나무.
*** 동요 〈봄이 오면〉 끝 부분.

겨울 화첩

바람의 말을 듣는다

칼바람이 서어나무 뼈마디를 자긋자긋 밟고 가는데

새 한 마리 날아와 열매로 달린다

꽁지깃 까딱거리며 말똥말똥 눈으로 전하는 말

이 적막은 기다림이라고

으스스 솜털 날리는 저 시린 몸짓도 바람의 말이다

고서古書

다 읽지 못한 책장을 넘긴다

지고한 문장을 품고 내 속에 오래 담겨 있다 숨을 쉬는

책갈피 속에서 유선형 몸이 솟는다

고래가 된 고서
배지느러미 서서히 흔들며 큰 바다로 헤엄쳐 간다

미처 다 하지 못한 말을 물고 괭이갈매기 한 마리
물길을 따라간다

깊은 바다 먼 곳에서 타전되는 전파
우우우~
파도와 파도 행간을 뚫고 아스라이 들려오는
혹등고래의 노랫소리 눈물 냄새가 난다

동쪽으로 난 창에는 담쟁이 줄기 같은 네 기억이
고물고물 기어올라
오래 덮어 두었던 너를 읽는다

세 번째 기일忌日

마당가 붓꽃이 다발 다발 피는데 청정한 기운으로
오신다

잘 있느냐
욱신거리는 이 다리와 손가락은 봄이 오면 풀릴 것
이니 염려하지 말라

전화선을 타고 날아오던 꼿꼿한 목소리

손수 떠 놓고 가신 마지막 정화수
새벽을 탑으로 쌓아 올리던 지극한 정성이 은하에
닿았다가
이 밤 포슬포슬 별빛으로 내리는가

주발 뚜껑 차마 열어보지 못하고 귀 기울인다

쩌렁쩌렁 날아오는 피안의 소리

소를 몰고 가다 소에게 끌려 죽을 판이 되었을 땐

고삐를 놓아라

　소는 제풀에 꺾여 다시 돌아올 것이라

오래된 겨울 속으로 들어가고 있었다

그 마을에도 은가루 같은 눈이 내리고 내려
나는 샤갈의 여인이 되어 하늘을 난다

눈 오는 벌판
살가운 얼굴들이 오롯이 모여 있는
자작나무 연기 올리며 주술에 걸린 마을

부엉이 울음소리에
흙담에 걸린 무시래기 으스스 어깨춤을 추고

다듬이 소리가
하얀 옷을 입고 영롱한 걸음으로 강 건너 마실을
다녀오는 밤

지상을 떠난 영혼들이
박주가리 솜털처럼 가만가만 내려와 정다운 이들의
창가에 앉는다

나는 꽁지 빠진 흰집칼새

물컹한 그리움을 한 점, 한 점, 점액으로 뱉어내어
바람벽에 걸어둘 움집 한 채 짓는다

내 속에 白色 정령이 들어오던 날

발 1

겨울 아침 비둘기 발을 보면 그 아이 분홍빛 발이 떠
오른다

서릿발 돋던 등굣길 타박타박 언 발로 가던

하얀 트랙을 쏜살같이 질주하던
그 발은
물을 향해 몸을 던지는 날렵한 물총새였다

또박또박 연필로 쓴 편지를 던져주고는 발개진 얼굴로
사라지던 아이는

이승과 저승에 생명줄 걸어 두고 출렁출렁 파도의
등을 타는 뱃사람이 되었다

천 길 굼실대는 물밭에서 줄을 놓친 아이는 놓친 줄
간신히
다시 붙잡고
〈

연어가 되어

망망대해 거친 물살 두 발로 가르며 가랑곳

母川으로 돌아오는 중일까

발 2

지하철 역사 귀퉁이
암모나이트처럼 등 굽은 민달팽이 한 마리
꽃잠에 빠졌다

일상의 창밖으로 튕기어 나간 그의 촉수는
이미 굳어
송신 끊긴 안테나에 바람이 윙윙 휘파람을 불고 간다

그리운 곳을 찾아가는지
볼 박스 바깥으로 삐죽 나온 그의 발이 꿈지럭거린다

줄

할머니 만들어 주신 삼베 홑이불

삼 껍질 손톱으로 가르고 무릎에 비벼 이은
올과 올은
담쟁이 줄기 같은 생명줄이었다

이 줄 가닥 잡아 엮어 짠 삼베 홑이불로 끈적이는
여름밤을 휘감아 보내다

올이 닳은 홑이불 위에 외손자 누이고 쓰다듬다가
훅 올라오는
뜨거운 기운

질긴 줄을 타고 할머니 오신다

그 줄을 잡은 아기의
까만 눈망울 속으로 내가 들어가고 있다

이라크 소녀의 그림

쏟아지는 포화에 엄마는 큰 새로 날아갔다

꼭지 떨어진 풋감처럼 동그마니 앉은 아이

눈빛 그렁그렁하더니
땅바닥에 손가락으로 어미를 그린다

차도르의 검은 치마폭을 풍선처럼 늘이더니
어미의 자궁 속에 오뚝 앉은 아이

그림은 아늑한 집이 되고

여기는 아무도 침범할 수 없는 신성불가침의 땅
포탄 소리 멎었다

엄마와 딸이 먼 곳을 응시한다

줄다리기

서늘한 긴장이 바짝 허리를 편다

탕, 신호총이 울리자
여엉차, 여엉차, 어금니 악물고 거북선의 노군櫓軍처럼
힘차게 팔을 젓는다

팽팽한 줄 꿈쩍도 않는다
비스듬히 서서 소리 맞추며 여엉에 힘을 주고 차에
엉덩이를 누른다

여러 힘이 한 점에 모이는 일순
확 바뀌는 장면

볼록렌즈 초점에 햇빛 모여 종이에 불 일듯

거친 물살 헤치며 파죽지세로 진군하는 우리의 거북선
술술 승리가 가슴에 안긴다

와, 명쾌한 대첩이다

가랑고지[*]

소금을 얻으러 가듯
나는 지금도 그곳으로 행복을 빌리러 간다

윗말 소경 윤씨 아저씨 스스로 종이 되어 하루에 세 번
온몸으로 울리던 종소리

두웅 둥, 청동의 벽을 밀고 나오는 우렁우렁한 그
울음 속으로 걸어 들어가면
아련히 시간의 문이 열린다

잿빛 어둠 사이로
첫차를 타려는 사람들이 눈을 비비며 마을 어귀로
모여들었다

보리밭 이랑을 건너가는 경건한 쇠_金울음에 감빛
노을이 바다에 몸을 누이고
김매던 손이 비로소 하루를 매듭짓던 곳

살가운 목숨들이 개와 뭍에 따개비로 붙어

〈

소박한 기원을 종소리에 실어 보내던
장면이

뇌리 속 , 따스한 컷(cut)으로 남아 있다

* 고향 마을 〈작장리〉의 다른 이름.

마트료시카의 세계와 우주적 육체

서안나(시인·문학평론가)

마그리트 그리고 육체의 변용과 확장

"소를 몰고 가다 소에게 끌려 죽을 판이 되었을 땐
고삐를 놓아라/소는 제풀에 꺾여 다시 돌아올 것이라"

— 「세 번째 기일忌日」 부분

이 구절은 문영하 시인의 시집 원고를 읽으면서 오랫
동안 나에게 화두처럼 머물렀던 시의 한 부분이다.

마당가 붓꽃이 다발 다발 피는데 청정한 기운으로
오신다

잘 있느냐

욱신거리는 이 다리와 손가락은 봄이 오면 풀릴 것
이니 염려하지 말라

전화선을 타고 날아오던 꼿꼿한 목소리

손수 떠 놓고 가신 마지막 정화수
새벽을 탑으로 쌓아 올리던 지극한 정성이 은하에
닿았다가
이 밤 포슬포슬 별빛으로 내리는가

주발 뚜껑 차마 열어보지 못하고 귀 기울인다

쩌렁쩌렁 날아오는 피안의 소리

소를 몰고 가다 소에게 끌려 죽을 판이 되었을 땐
고삐를 놓아라
소는 제풀에 꺾여 다시 돌아올 것이라

— 「세 번째 기일忌日」 전문

　　시적 정황상 "세 번째 기일忌日"은 "손수 떠 놓고 가신
마지막 정화수/새벽을 탑으로 쌓아 올리던 지극한 정성"
으로 보아 아버지의 기일인 듯싶다. 아버지가 생전에 나
에게 했던 전언임을 환기할 때 "세 번째 기일忌日"에 망자
의 생전 메시지를 회상하는 시적 상황 역시 의미심장하

다. 아버지가 남긴 말을 읽으며 드는 생각은 오리무중이다. 소는 무엇이며 소와 위험한 대결 상황이란 무엇이란 말인가. 만약 소가 죽음을 상징한다면, 소의 고삐를 놓는다는 것과 "소는 *제풀에 꺾여 다시 돌아올 것이라*"는 것은 어떤 의미인가. 이 질문을 수없이 나 자신에게 던지면서, 문득 문영하 시인의 시 세계를 탐독하는 일이 바로 이 질문에 부딪히는 일임을 넌지시 알게 되었다.

문영하 시인의 이번 두 번째 시집에서는 인용한 구절처럼 죽음에 관한 심오한 사유가 시집 곳곳에 칼날처럼 번뜩이고 있기 때문이다. 이번 시집에서 죽음은 존재의 소멸이 아니라 새로운 생명을 탄생시키는 생성의 가능성으로 나타나고 있다.

시인의 첫 시집 『청동거울』(미네르바, 2017)에서 신화적 상상력으로 현실과 초월적 세계 사이의 일체성 회복을 시도했다면, 이번 시집에서는 생태적 상상력을 기반으로 삶과 죽음을 초월하는 열린 육체가 곧 생명 탄생을 관장하는 순환론적 시적 세계를 보여주고 있다.

이미지는 '있는 모습 그대로' 보여야만 한다. 나의 그림은 보이는 것 이상의 경지에 존재하는 보이지 않는 최고의 경지를 나타내지 않는다(봉투 안에 감추어진 문자는 눈에 안 보이는 것이 아니다. 태양이 나무에 의하여 가려져 있을 때도 마찬가지이다). 정신은 미지의 것을 사랑한다. 정신의 의미 자체가 미지의 것이기 때문에 정신은 의미를 헤아릴 수 없는 이미지를 사랑한

다. 정신은 그 자체의 '존재의 이유'를 이해하지 못한
다.

— 르네 마그리트

문영하 시인의 시집을 읽다 보면 문득문득 마그리트
의 글귀와 함께 그의 그림이 겹쳐지곤 했다. "나는 나의
작품을 단순히 보는 것이 아니라 생각하게 하고 싶다."
라는 마그리트의 대표작 중 우리에게 잘 알려진 "아른하
임의 영토"나 "이미지의 배반(The Treason of Images,
1929)", "투시, 통찰력(Clair Vayance, 1936)", "골콩드
(Golconde, 1953)" 등의 작품은 데페이즈망 기법을 통해
우리에게 익숙한 일상을 뒤틀고 있다. 마그리트의 그림
은 이질적인 것, 기묘한 것, 상이한 것들을 하나의 화면
에 배치되어 우리에게 무질서의 미학을 선물한다. 그리하
여 우리의 일상화된 감각에 금을 그어 일그러진 현실 사
이의 틈을 발견하게 한다.
문영하의 이번 시집 역시 유기체와 비유기체의 결합
등을 견인하는 역동적 상상력으로 일상에 은폐된 생의
비의를 보여주고 있다. 마그리트의 그림에서도 유독 새
와 알이 다수 등장하고 있다. 화폭에 가득 차도록 커다
란 새가 하늘을 다 덮는 작품, 화가가 옆에 놓인 알을
보고 그림을 그리지만 정작 화폭에는 새를 그리는 〈통
찰〉이란 작품처럼. 또한 새와 식물이 하나가 되거나, 나
무와 사람이 한 몸이 되는 기이한 작품을 만날 수 있다.

마그리트의 그림은 문영하 시인의 시 세계를 짚어나가는 데 훌륭한 가이드가 되어준다. 문영하의 이번 시집 역시 유기체와 비유기체의 결합 등 마그리트 그림 속 마술 같은 상상력이 펼쳐지고 있기 때문이다.

새라는 상처와 육체의 확장

문영하 시인의 이번 시집의 특징 중 하나는 "새, 나무, 열매, 바람, 물" 등 자연 사물이 다수 등장한다는 점이다. 특히, "새"와 "나무"는 시인의 외부에 놓인 관찰 대상이 아니라, 시적 화자의 육체와 동화하여 열린 몸인 우주적 육체로 확장하고 있다. 흥미로운 점은 문영하 시인의 첫 시집에서 새("콘도르")가 수직 상승의 비약적 이미지로 신화적 공간인 천상으로 비상을 꿈꾸었다면, 이번 시집에서 새는 하강 의지를 표출하고 지상으로 회귀하려는 변화된 새의 이미지가 주목된다. 특히, 이번 시집에서 "새"는 상처의 궤적이 기재 된 대상으로 변용, 확장되고 있어, 첫 시집과 두 번째 시집을 비교하며 읽으면 시집 읽는 재미가 한층 배가될 것이다.

이번 시집에서 새와 함께 중요한 시적 소재는 "나무"라 할 수 있다. "나무"는 상처 입은 "새"를 위로하고 새의 안식처로 등장한다. 새와 나무가 시적 화자와 동화하는 과정에서 문영하 시인만의 역동적 상상력으로 시의 완성도를 높이고 있다. 이 동화의 과정은 삶과 죽음의 이분법적 사고를 이탈하여 생명 관장의 육체로 나아가는 계기로 작용하고 있기 때문이다. 죽음이 곧 생명을 잉태한다는 순환론적 생명 사상을 지향하고 있다.

집 앞 느티나무 그늘은 새들의 푸른 해우소

몸 끝 작은 튜브에서 짜~익 물감을 짜내 주소를 쓴다

비둘기 한 마리 구구구 울어대다 시원스레 털어놓는
속사정
헤집고 온 하늘이 흰 점액 한 방울로
톡, 떨어진다

속이 후련해진 새는 핑퐁처럼 튀어 오르고
나무는 가지를 흔들며 화답한다
오랜 집으로 서 있을게

새들의 경계를 지나갈 때면 행여 그들의 일에 누를
끼칠까
성역을 거닐듯 조용조용 걷는다

우리도 할 것 안 할 것 자리 분별 한다구요 누가
뭐래도
여긴 우리의 영역이어요
〈

허공을 휘젓다 온 새들이 덕지덕지 덧칠하며 땅바닥에

그림문자 쓰고 또 쓴다

— 「새들의 주소」 전문

　「새들의 주소」는 문영하 시인만의 개성적인 "새와 나무"의 이미지를 구사하여 시적 완성도를 보여주고 있는 작품이다. 시에서 물감이 든 튜브로 은유화 된 "새"는 상승 대신 "느티나무"와 그 "그늘"에 안착하려는 하강의 욕구를 지향하는 대상으로 등장하고 있다.

　"새"는 허공 대신 "나무"와 "나무 그늘"을 "누가 뭐래도/여긴 우리의 영역이어요"라고 선언하고 있다. 돌연한 새의 선언 의지는 배설(배설물) 행위로 그 욕구를 더욱더 강하게 표출하고 있다.

　문영하의 시 세계에서 새가 차지하는 비중이 크기에, 새의 배설 의지(배설물)는 또한 둔중한 의미를 내포하고 있다. 대략 두 가지 의미로 정리해볼 수 있는데, 자신의 거주지 공표 표출과 내상의 정화 행위로 요약해 볼 수 있다. 새에게 허공이란 위안 받을 수 있는 대상이 부재한 결핍의 장소라는 점을 쉽게 유추할 수 있다. 그 때문에 새가 "몸 끝 작은 튜브에서 찌~익 물감을 짜내 주소를" 쓰는 것은 지상에 자신의 "주소를" 기록하여 존재 영역 표시를 시도하고 있는 것이다.

　또한, 새의 육체는 "울어대다 시원스레 털어놓는 속사정"이 있을 만큼 상처 입은 몸이기도 하다. 그렇기에 새

의 배설 행위란 "헤집고 온 하늘이 흰 점액 한 방울로/
톡, 떨어"지는 과정이며, 상처가 정화된 새는 "속이 후련
해"져 "핑퐁처럼 가볍게 튀어 오"를 수 있게 되는 것이다.
이러한 고도의 시적 장치로 "집 앞 느티나무 그늘은 새
들의 푸른 해우소"가 되고, 새에게 지상은 위안의 공간
으로 자리하게 된다. 이처럼 문영하 시 세계의 특징은 새
가 지상으로 안착하려는 의지를 보여줌으로써 천상 대
신 지상을 긍정적으로 파악하는 시적 태도를 보여주고
있다.

지상으로 회귀하는 새와 재생의 의지

여섯 살쯤이었다
허공을 버린 새 한 마리 뒹굴고 있었다
꼬마들이 모여 죽은 새의 장례를 치렀다

모시 잎 따다가 몸을 감싸고 꽃씨를 심는 듯 고이
묻었다

개미의 행렬이 문상객처럼 길게 이어지다 사라졌다

그 묻은 길섶에 다시 가보니 도도록한 자리
달개비 힘주어 날개를 파닥이며
〈

새, 풀이 되어 남빛 꽃물을 길어 올린다

몸을 바꾸는
생의 바통 터치, 불멸을 보았다

어머니 가시던 날 승화원 언덕 너머로 노랑나비
한 마리
팔랑팔랑 날아가던

—「새의 주검 1」 전문

「새의 주검 1」에는 두 개의 서사가 겹쳐져 있다. 유년
시절 목격한 새의 죽음과 새를 땅에 묻어준 일. 그리고
어머니의 장례식장에서의 경험이 그것이다. 회상 기법을
통해 전개되는 시적 서사의 공통점은 죽음이 생명 탄생
을 견인한다는 점이다. 땅에 묻어준 새의 무덤에 남빛 달
개비가 피어나고, 임종을 맞은 어머니가 언덕에서 노랑나
비로 환생하고 있다. 새와 달개비꽃 그리고 어머니와 노
랑나비 두 개의 서사 구조는 "몸을 바꾸는/생의 바통 터
치, 불멸을 보았다"라는 진술처럼 시적 화자에게 죽음을
새롭게 인식하는 사건이 되고 있다. 따라서 문영하의 시
세계에서 지상은 곧 재생의 공간이 되고 있다. 새와 어머
니의 환생을 통해 삶과 죽음의 경계를 초월하는 시적 화
자는 곧 "불멸" 그리고 재생의 원리를 깨닫게 되고 이에
더 나아가 불교의 불이사상不二思想을 지향하고 있다.

똑같은 힘일 때는 좀 더 오래 버티는 놈이 이기는
법이라고
아버지 늘 말씀하셨지

바나나를 길게 보관하기 위해선 고리에 걸어두라고
나무에 달린 줄 알고 천천히 익어간다고

일명 바나나 속이기인데
우리는 바나나를 속였고 아버지는 세상에 속아 허
공을
움켜쥐곤 했다

아버지의 등에 업힌 오남매,
그의 마른 등에서는 늘 젖은 휘파람 소리가 났다

바나나의 몸에 거뭇거뭇 검버섯이 핀다
고리 끝에 매달린 열매 죽을힘으로 버티다 아득히
잠 속으로 빠져든다

움켜쥔 아버지 손이 아래로 떨어진다
헐렁한 허리춤 사이로 남은 시간이 빠져나간다

바나나 껍질 위에서 스치듯 미끄러지는 아버지
옷걸이에 걸린 낡은 양복도 풀썩 주저앉는다
〈

허공에 영혼을 매달고 지상의 끝에 선 아버지 손이
내 손을 잡는다

　　　　　　　　　　—「고리에 걸린 바나나」 전문

　문영하의 시 세계에 나타나는 죽음 인식은 「고리에 걸
린 바나나」에서도 애절하게 그려지고 있다. 시적 정황상
아버지의 죽음은 소통 부재의 대상인 나와의 관계를 소
통 가능한 대상으로 전환한다. "허공에 영혼을 매달고
지상의 끝에 선 아버지 손이/내 손을 잡는다"는 곧 나와
죽은 아버지와의 조우를 의미한다. 나의 육체는 죽은 아
버지가 기거할 수 있는 몸이며, 삶과 죽음을 초월하는
장소이다. 자연 사물과 시적 화자의 동화는 생명 순환적
사고인 동시에 불교의 불이사상不二思想과 밀접한 연관을
지닌다. 즉, 문영하 시 세계의 개성은 역동적인 상상력으
로 죽음이 존재의 소멸이 아닌 생성과 가능성의 지점임
을 여실히 보여주고 있다.

바람이 분다
나무가 키를 낮추며 휘휘 팔을 내젓고 있다

바람머리 앓으며
나는 비로소 바람을 읽기 시작했다
날짐승처럼 바람의 방향을 타며 머리칼을 넘기는데
〈

몸을 스쳐간 어휘들이 휙휙 화면으로 지나간다

아홉 살의 내가 물속에서 발버둥을 친다
논 언덕 나무를 잡고 손과 손을 이어 파도에 휩쓸린
나를 구하던,
너댓 살 위 갈래머리 소녀들의 환호성이 들린다

비바람에 젖으며 흔들리며 소태처럼 쓴맛이 삶이라
는 걸 알았을 때
비비새 한 마리 내 몸에 들어와 울기 시작했다

실밥이 터지듯 터지는 몸의 내력

맨드라미 피는 뜰에서 시작된
나의 일기는
어린 천사가 드센 마녀로 변해가는 과정이었다

— 「내 몸을 스쳐간 것들」 전문

　문영하의 시 세계에서 나타나는 역동적 상상력은 새
의 능동성과 나무의 수동성의 역할에서 더욱 도드라지고
있다. "나"가 "날짐승" 같은 원시적인 몸이 되어, "비비새
한 마리 내 몸에 들어와 울기 시작"하고, "바람을 읽기
시작"하면서 주변의 소박한 대상을 몸으로 감각하고 있

다. 나의 육체는 비로소 바람과 나무와 새가 함께 공존하는 재생의 공간이자 소우주와 같은 육체로 확장하고 있다.

또한, 내 몸이 재생의 공간이 되는 계기가 죽음 체험이라는 점 역시 독특하다. "아홉 살의 내가 물속에서 발버둥을" 쳤던 유년의 죽음 체험이 나에게 각성의 계기로 작용하고 있기 때문이다. 이 사건은 내게 "내 몸을 스쳐 간 것들"이 "죽음의 과정을 거치거나 혹은 살아서 나를 거쳐 간 것"이라는 생명 순환의 비의를 포착하는 계기가 되고 있다. 이 죽음체험은 익사의 위기에 처한 나를 구한 것이 "논 언덕 나무"와 너댓 살 위 갈래머리 소녀들의 환호성"이다. "갈래머리 소녀들"과 "논과 언덕과 나무"인 자연이 손과 손을 맞잡고 나를 죽음의 문턱에서 이끌어 준 것이다. 이런 이유로 나의 몸은 "실밥이 터지듯 터지는 몸의 내력"을 지니게 된다. "실밥 터지듯 터지는 몸의 내력"이란 경계와 막이 사라져 타자와 상호 교감이 가능한 몸이다. 그렇기에 나의 몸은 주변 대상과 동화되는 몸인 동시에 타자의 죽음까지 온몸으로 감각하는 열린 몸이 되는 것이다.

위안의 존재로서의 나무

앞서 살펴보았듯, 문영하의 시 세계에서 새가 허공에서

상처받으며, 배설 행위를 통해 상처를 정화하고 나무와 나무 그늘을 영혼의 휴식처로 여기고 있다. 새의 독특한 이미지와 더불어 새와 나무의 소통방식 역시 기존 시인들의 기존 작품 양상과는 차별성을 지닌다. 새와 나무의 관계를 살펴보면, 나무가 너의 "오랜 *집으로 서 있을게*"라며 새를 위로하고 있다. 나무가 새의 추운 영혼과 상처를 어미 새처럼 감싸주기에 이는 시인이 지향하는 시 세계의 지향점이 순환론적인 세계관임을 알게 한다.

> 나무는 새가 되었다
> 그가 작은따옴표로 날아와 내 심장 위에 앉으니
> 서녘 하늘이 일렁거린다
>
> 통, 통, 통,
> 나는 스타카티시모로 움직이는 경쾌한 나무
>
> 새가 물고 온 길이 도르르 풀린다
>
> 내 몸속으로 들어온 새의 길이 까마득히
> 고향 집 뒤꼍
> 참나무 허파 속에 닿는다
>
> 풍뎅이 잉잉 날아오르고 청정한 숨이 열리는
>
> 솜털 보송보송한 집

햇살 한 움큼 오목이 고이는 자리에

새가 동그랗게 담긴다

몸 깊숙이 나도 푸른빛 도는 알 하나 품는다

—「나무 브로치」 전문

바람의 말을 듣는다

칼바람이 서어나무 뼈마디를 자긋자긋 밟고 가는데

새 한 마리 날아와 열매로 달린다

꽁지깃 까딱거리며 말똥말똥 눈으로 전하는 말

이 적막은 기다림이라고

으스스 솜털 날리는 저 시린 몸짓도 바람의 말이다

—「겨울 화첩」 전문

「나무 브로치」에서는 "나무–새–나"로 이어지는 일련의 변용 과정과 나의 육체가 "알卵"처럼 "새가 동그랗게 담"기는 부화의 기능을 지닌 역할로 드러나고 있다. "몸 깊숙이 나도 푸른빛 도는 알 하나 품는다"처럼 생명 탄생을 관장하는 가능성의 몸이다. 탄생의 기원인 고향 집처럼 "풍뎅이 잉잉 날아오르고 청정한 숨이 열리는//솜털 보송보송한 집/햇살 한 움큼 오목이 고이는 자리"와 같이 어머니의 자궁과 같이 만물이 소생하는 열린 구조를 지닌다.

시에서 "나무 브로치"란 나무를 조각하여 만든 액세서리이며, 동그란 보석이 마치 알처럼 장식된 모양인 듯하다. 알을 품은 것 같은 나무 브로치 외양은 생명 탄생의 가능성이 농후한 대상이다. 이처럼 동화와 육체의 확장은 인간과 자연이 경계가 사라지고 삶과 죽음이 이분되지 않은, 이접과 교접이 가능한 육체이다. 타자와의 소통 가능한 열린 구조의 육체성의 발현인 동시에 문영하 시인의 시 세계의 특징이라 할 수 있다.

알의 상상력과 불이사상不二思想

쏟아지는 포화에 엄마는 큰 새로 날아갔다

꼭지 떨어진 풋감처럼 동그마니 앉은 아이

눈빛 그렁그렁하더니
땅바닥에 손가락으로 어미를 그린다

〈

차도르의 검은 치마폭을 풍선처럼 늘이더니
어미의 자궁 속에 오똑 앉은 아이

그림은 아늑한 집이 되고

여기는 아무도 침범할 수 없는 신성불가침의 땅
포탄 소리 멎었다

엄마와 딸이 먼 곳을 응시한다

— 「이라크 소녀의 그림」 전문

　「이라크 소녀의 그림」에서도 소녀는 부재한 모성 대신 열매가 떨어진 땅에 차도르를 길게 그려 그 안에서 행복해하고 있다. 그림이 그려진 땅은 곧 어머니처럼 소녀를 품어 주고 있으며 새로운 생명을 품는 자궁의 역할을 하고 있다. 이 자궁과 같은 지상은 전쟁의 포화 소리도 그치게 할 만큼 죽음의 힘까지도 무력화시키는 재생의 공간이라 할 수 있다.

　마트료시카 인형

　누천년을 허리에 두른 바오밥나무 같다

　벤자민 버튼의 시간으로 돌아가 한 겹 한 겹 허물을

벗는다

　할머니, 어미, 소녀 벗고 아기를 벗으면 본디의 모습
으로
　씨앗 한 톨

　떼구루루 굴러 다시 싹이 튼다

　한 겹 한 겹 나이테를 두르며 열리고 닫히는 그녀의
계절

　커다란 알로 세상을 품어내는
　마트료시카

　치마 속에 지구를 품고 거대한 어미 새로 우뚝 선다

—「알」 전문

　칠흑 같은 밤
　손톱만한 벌레가 물구나무서서 죽을힘으로 지구를
굴리듯 쇠똥을 굴리며 간다

　벌레의 다리 밑에 거꾸로 선 풍경
　더럽고 하찮은 것이 귀하디귀한 것으로 자리가
바뀐다

130

〈

그가 물컹한 똥을 동글동글 굴릴 때면 천지의 기운이
이곳으로 모여
하늘 한 귀퉁이 끌려온다

별빛과 은하를 나침반 삼아 사랑을 구하러 가는
대장정
일직선으로 지구를 굴리며 우주로 가는 레일에 몸
을 싣는다

사막이든 정글이든 오직 그대를 향해 가는 필사의
행보
똥으로 치댄 집도 그대 있어 행복하다

별빛 쏟아지는 밤 둥근 캡슐에 앉은 벌레
똥 먹고 용트림하며 알을 낳는다

— 「야행성 쇠똥구리」 전문

「알」이란 시에 등장하는 마트료시카는 원통형의 둥근
나무 인형이다. 하나의 인형 안에 크기만 다른 인형이 겹
겹이 들어 있다. 이때 이 인형의 육체는 하나이면서 여럿
이고, 여럿이면서 또한 하나이다. 인형의 몸을 여는 것이
죽음이라면 그 안에 숨겨진 작은 사이즈의 인형을 꺼내
는 것은 새로운 생명 탄생이라 할 수 있다. "한 겹 한 겹

나이테를 두르며 열리고 닫히는" 몸이기에 삶과 죽음이 압축된 세계이다. 그 때문에 마트료시카는 직선적 시간을 이탈하여 "커다란 알로 세상을 품어내"고 있다. "할머니, 어미, 소녀와 아기"가 "씨앗"과 "싹"이 한 몸에 동시에 공존 가능한 몸이다. 더 나아가 마트료시카는 "알처럼 커다란 세상을 품고 있으며", "치마 속에 지구를 품고 거대한 어미 새로 우뚝" 서는 생명 탄생의 관장자인 셈이다.

곧 문영하의 이번 시집에서는 삶과 죽음이 둘이 아니라는 불교의 핵심 사상인 불이사상不二思想을 드러내고 있다. 마트료시카 인형이 각각의 고유성을 지닌 단독자인 동시에 하나의 몸이기 때문이다. 내가 새처럼 알을 품는 탄생의 장소이기에 열린 몸은 "더럽고 하찮은 것이 귀하디귀한 것으로 자리가 바"꿔(「야행성 쇠똥구리」)는 공간이다. 또한, "천지의 기운이/이곳으로 모여/하늘 한 귀퉁이 끌려온다"처럼 지루한 지상이 오히려 "천지의 기운이 몰려들어" 천상의 신성함으로 충만한 공간의 변용을 선보이고 있다.

이처럼 문영하의 시 세계의 개성은 죽음이 계기가 되어, 소통 부재의 대상을 서로 소통 가능한 열린 육체로 전환한다는 점이다. 마그리트의 그림처럼 주체와 타자의 경계가 사라지고 없다. 나의 몸 밖 시적 대상이 내 몸 안으로 소통하고 드나드는 "실밥처럼 터진" 육체는 마그리트의 기이한 화폭 속의 이미지처럼 타자의 주체화가 발현된 육체라 할 수 있다. 이는 곧 육체가 삶과 죽음의 이분법을 넘어서는 육체이며, 외부와 소통하는 육체가 됨을 의미한다. 즉, 문영하의 시의 개성은 죽음을 생성의 계기로 인식하는 시적 사유의 심오한 여정을 보여주고 있다.

지성의 상상 시인선 017

오래된 겨울 속으로 들어가고 있었다

초판 1쇄 발행 | 2020년 05월 25일

지 은 이 | 문영하
펴 낸 이 | 신정윤
펴 낸 곳 | **지성의 상상 미네르바**
등록번호 | 제300-2017-91호
등록일자 | 2017. 6. 29.
주　　　소 | 110-350 서울특별시 종로구 율곡로 6길 36,
　　　　　　월드오피스텔 802호
전　　　화 | 02-745-4530
전자우편 | minerva21@hanmail.net

ISBN 979-11-89298-18-0 (03810)

값 9,000원